AF370926

LES EMPRESSEMENS DV PARNASSE

AVX NOPCES DE S. A. R. DE SAVOYE,

& de Mademoiselle de Valois.

A MONSEIGNEVR

LE MARQVIS DE PIANESSE.

Par R. D. Y.

A LYON,

Chez PIERRE GVILLIMIN, en la ruë de la Belle-
Cordiere, proche Belle-Cour.

M. DC. LXIII.

AVEC PERMISSION.

A MONSEIGNEVR
LE MARQVIS
DE PIANESSE.

MONSEIGNEVR

Quand *V. E.* ne tien-
droit pas auprés de *S. A. R.* le rang où vostre Naißance & vos Vertus vous ont éle-
ué; Ie ne sçaurois pourtant me dispenser, de
vous offrir ces marques de joye d'vn soli-
taire, qui vient mêler sa voix parmy les
Rejouißances de la Cour, & les Acclama-
tions des Peuples. I'aduoüe que c'est vn ca-
price & vne boutade où ie me suis emporté,
sans bien songer où i'allois; & ie n'ay pres-

que

que pas fait reflexion ſi ie faiſois de la proſe ou des vers, que lors que i'ay veu que i'auois écrit de l'vn & de l'autre. Car enfin ſi i'euſſe trauaillé par choix ; apparemment ie ne me fuſſe pas engagé à parler en des langues, que i'ay peut-eſtre appriſes aſſez mediocrement pour les entendre, mais que ie ne poſſede pas au point qu'il faut pour m'y ériger en Auteur. Iugez de là quelle a eſté la force de mon inſpiration, & quel eſt mon zele pour le Prince que vous ſeruez & que vous aymez. Ie doute pourtant MONSEIGNEVR, (quelque inſpiré que i'aye pû eſtre) que l'ouurage ne ſe reſſente du chagrin de la maladie où il a eſté conçeu, & de la ſecheresse d'vne imagination laſſée, & qui depuis longues années a dit adieu à toutes les belles images, pour ne ſe repaiſtre que de triangles, de nombres, d'hypotheſes, d'abſtractions, & de cent autres fantômes encore plus creux & plus melancholiques. C'eſt pourquoy i'auois beſoin d'vn iuge qui fûſt indulgent, mais auſſi qui ne fûſt pas moins éclairé que

V. E.

V.E. à qui toutes les langues que i'employe
font également naturelles. D'ailleurs le Poëte déguisé, qui fait le principal perfonnage
de la fiction, vient d'vn païs, où l'on fçait
que l'illuftre Maifon de Simiane a tenu
rang de Souueraine, & en a poffedé vne
grande partie par la difpofition du dernier
Comte de Forcalquier. Il eft donc de voftre
bonté, MONSEIGNEVR, & fi ie l'ofe dire de
voftre intereft, de defendre ce qui eft à
vous, & du credit que vous auez auprés
des Sçauans, d'appuyer ce que i'aduoüe
d'auoir entrepris pour vous plaire. Ie ne
puis encor oublier, que vous auez autrefois
derobé quelques vns de ces momens impor-
tans, que vous employez auec tant de fuc-
cez à la gloire de S.A.R. pour les donner à la
lecture de mes réueries fur la nouuelle Phyfi-
que. Voftre approbation me fût alors plus
precieufe, que ne l'auroit efté celle de cent de
ces Docteurs, pour qui cette Philofophie eft
vne terre auftrale, & vn monde nouueau,
mais dont vous auez découuert les routes

A 2　　les

les plus cachées, & penetré dans les endroits
les plus secrets, par vne connoissance par-
faite de tout ce qu'il y a de curieux dans la
Nature, & de fin dans la Geometrie. Ce
n'est pas MONSEIGNEVR, que ie pretende
encore à des loüanges, vous enuoyant ces
bagatelles, où mon esprit a voulu seulement
se iouër & vous diuertir. V. E. sçait assés
que mon inclination m'a toûjours attaché à
des objets plus serieux, & nommément à
l'estude des langues plus anciennes que celles qui ont cours dans l'Europe, & que ie
mets icy en vsage.   Tout cela MONSEI-
GNEVR, vous pourroit faire douter, si ie suis
bien celuy dont vous auez vû les essais sur
des sujets & en des manieres bien éloignées
de celle-cy. Ouy MONSEIGNEVR, ie suis le
mesme; & quand i'en paroistrois differant
en mes productions, ie ne le seray iamais
dans la profession que i'ay faite, & que ie
feray toute ma vie d'estre,

MONSEIGNEVR

D. V. E.

Le tres-humble, tres-obeïssant & tres-obligé

LES EMPRESSEMENS
DV PARNASSE
AVX NOPCES
DE S. A. R. DE SAVOYE
& de Mademoiſelle de Valois.

VSQVES à preſent les Alliances de France & de Sauoye, qui ſont des *Nœuds d'Amour* n'auoient produit que la Paix & le repos de l'Europe. En voicy vne qui a donné commencement à vne nouuelle Guerre, & qui a porté le trouble iuſques dans l'autre Monde. Ie ſçay bien que l'Amour a des armées & des ſoldats. Si cela n'eſtoit, Horace ne ſe plaindroit pas de ſe voir encore engagé à ſeruir ſous luy, apres tant de Campagnes; & Catulle ne feroit pas vn ſanglant reproche à Hymen de ſa violence & de ſa cruauté ſans exemple.

Quid facerent hoſtes capta crudelius vrbe?
Toutesfois ces guerres ne vont pas à la deſtruction du Genre humain, & telles diſcordes ſont ſans doute de celles qu'vn ancien Philoſophe reconnoiſſoit pour le principe de la conſeruation des choſes. Mais il eſt temps que ie parle plus clairement, & que i'explique l'Enigme qui vous tient en peine.

Tandis que la Cour de Sauoye eſt en feſte, & que l'on

Les Nœuds de l'Amour, c'eſt le ſuiet ingenieux de l'entrée de L. AA. RR. à Chambery, dont le deſſein a eſté donné par le ſçauant P. Meneſtrier.

Militat omnis Amans, & habet ſua caſtra Cupido. Ouid.

Intermiſſa Venus diu, Rurſus bella moues. Horat.
Et Militaui non ſine gloria. Idem.

Catul. Epithal. Manlij & Iuliæ.

Empedocle tenoit la diſcorde pour vn principe *Diog. Laert. l. 8.*

l'on n'y parle que de Bals , de Feſtins & de Comedies,
qui marquent les tranſports de ioye,qu'vne auſſi heureuſe
iournée a répandu parmy les Sujets de S. A. R. cette
nouuelle a produit vn effet bien contraire dans le Parnaſſe ; elle a broüillé cette Cour du Prince , du Monde
poly & ſpirituel ; & peut-eſtre la ſedition qui s'y eſt allu-
mée auroit eu de dangereuſes ſuittes , ſi Apollon n'y eût
apporté du temperament.   Voicy ce que i'en ay appris
des lettres du Boccalini, qui prend le ſoin d'écrire les
Ragguagli , ou les Gazettes de ce Païs-là.

Traiano Bocca-
lini a écrit li Rag-
guagli del Par-
naſſo.

Auſſi-toſt que le bruit d'vn Mariage ſouhaité depuis
ſi long-temps , fût venu aux oreilles d'Apollon , ce Prince reſolut de dépecher vne Ambaſſade ſolemnelle pour
feliciter LL.AA.RR. auec qui il a toûjours entretenu vne
admirable intelligence.   Il falloit pour cela faire choix de
quelques perſonnes capables de ſoûtenir cét employ , &
de s'acquiter d'vne ciuilité de cette importance.

Les Poëtes de toutes les Nations ſe preſenterent deuant Apollon,pour luy faire offre de leur ſeruice ; & l'on
vit d'abord vne agreable conteſtation de tout ce qu'il y a
eu de ſçauans en galanterie, à qui de droit deuoit appar-
tenir l'honneur d'vne ſi glorieuſe deputation.

Mais comme il arriue d'ordinaire que l'on s'échauffe
inſenſiblement dans ces ſortes de démelez,où il s'agit des
auantages de l'Eſprit , & de la gloire de la Nation : ce
differant qui n'eſtoit au commencement que l'effet d'vne
loüable émulation, ſe changea dans vn inſtant en vn deſordre eſtrange , & en vne diuiſion ouuerte. Ce n'eſtoit
plus que crierie, & que confuſion dans le Parnaſſe, & au

Pede quo de-
bent acria bella
geri. Ouid de
Iambo.
Voyez Boccalini
pour les Terzetti,
Cancer dans ſon
Veſamen pour les
Coplas.
Les Triolets e-
ſtoient en vogue
durant la derniere
guerre de Paris.

lieu de preparer des Epithalames , déjà les Grecs s'ar-
moient d'Iambes , les Latins de Satyres , les Italiens de
Terzetti, les Eſpagnols de Coplas,les François de Triolets pour attaquer , & de Rondeaux pour ſe defendre
dans la meſlée ; lors qu'Apollon qui pouuoit à peine ſe
faire oüir dans ce Tumulte ; ie ne trouue pas mauuais,

(leur

(leur dit-il) que vous témoigniés beaucoup d'empresse-
ment à rendre vos honneurs à vn Prince, dont la Maison
a obligé les Sçauans de tous les Siecles, & protegé les
Poëtes de toutes les Nations ; mais i'apprendrois volontiers moy-mesme les raisons que vous auez de disputer
entre vous auec tant de chaleur, à condition toutesfois,
qu'elles soient dittes sans emportement , & que châcun de vous écoute paisiblement & auec douceur ce
qu'on opposera contre luy.

Toute la Troupe en estant tombée d'accord ; les plus
modestes remirent absolument leurs interests à la volon-
té d'Apollon : quelques autres voulurent plaider leur
cause. Entre ceux-cy, les Grecs parurent les premiers
sur les rangs, alleguans en leur faueur, l'antiquité de leur
Poësie, & la facilité de leur véne. Homere leur auoit ce-
dé son droit dés le commencement, parce que la beauté
ne peut estre bien loüée par vn aueugle : mais Apollon
ne iugea pas ces anciens Grecs fort propres pour vn tel
employ, tant parce que leur langue n'a pas beaucoup de
cours auiourd'huy, qu'à cause que leur humeur seuere &
incommode les a rendus peu agreables aux cours des
Souuerains. Il ietta toutefois les yeux sur Hesiode qui a si
heureusement écrit l'Epithalame de Thetis & de Nerée;
mais Anacreon qui ne laissa iamais perdre d'occasion de
se diuertir, dit qu'il vouloit absolument estre de la partie,
& protestoit que sa lyre n'auoit iamais esté mieux accor-
dée pour parler d'Amour. Sappho pretendoit au contraire qu'elle seule auoit bien entendu l'art de composer
des Odes plaintiues & passionnées. Ils se firent la dessus
mille aggreables reproches ; Anacreon disant qu'elle
auoit chanté ses Amours d'vne façon si libre, & si peu
conuenable à la pudeur de son sexe, qu'elle ne deuoit pas
songer à paroistre deuant Hymen , dont elle auoit choc-
qué les plus sainctes loix : à quoy elle repliqua soudain
auec dépit, que la galanterie estoit bien peu seante à des

Pour *la Satyre*
Rutilius Numan-
tianus Gallus .....
Vulnificis Satyra
ludente Camœnis.

Les premiers
Poëtes Grecs ont
inuectiué contre
les Grands, *in mo-*
res, in luxum &
prandia Regum.
Pers.

Alcée escriuit
contre Pittacus
Roy de Mytilene.
Stesichore contre
Helene.

Alcei minaces,
Stesichorique gra-
ues Camœna. Ho-
rat.

Archilochus
obligea par ses
vers piquants vn
certain Lycambes
à se faire mourir
luy mesme.

Archilochum
proprio rabies ar-
mauit Iambo. Ho-
rat.

Mihi liber Iam-
bus Tincta Ly-
cambeo sanguine
tela dabit. Ouid.

Callimachus
escriuit des im-
precations contre
Ibis.

Battiades ini-
micum deuouet
Ibin. Ouid.

Æoliis fidibus
querentem Sappho
puellis de popula-
ribus. *Horat.*

Qui ducat ab-
est, vbi nubimus

Dicunt mihi
puellæ, Anacreon
ſenex es. *Anacr.*

cheueux gris,& que s'eſtant autrefois eſtranglé pour auoir
aualé trop auidement vn pepin de raiſin , c'eſtoit expoſer
l'honneur du Parnaſſe, que de l'enuoyer à des Nopces,où
tant de gens eſtant priez , on y mange pour l'ordinaire
auec precipitation.

Poſteriùs,graui-
uiore ſono tibi
Muſa loquetur
noſtra. *Virg. ad
Octauium.*

Quære mol-
liora blandi, quæ-
re plectra Clau-
diani. *Sarbieu. in
Epithal. Radiuil.*

Il eſt ſi doux ,
qu'il fait 200.vers
ſans vne eliſion.

Parmy les Latins, dont la pluſpart montrerent en cette
rencontre vne grande moderation ; dés que Virgile eût
fait connoiſtre qu'il auoit deſſein de celebrer quelque iour
les geſtes de noſtre Heros par vn Poëme Epique ; il s'en
trouua pluſieurs,qui iugerent qu'aprés luy,Claudien pouuoit le mieux reuſſir ſur le ſujet de ce Mariage, & pour la
douceur de ſes vers, & pour la facilité qu'il a toûjours
euë de les bien faire.

Stace en vſa auec beaucoup de ciuilité , & dit que le
motif qui l'obligeoit à ſe produire parmy tant de perſonnes qui auoient plus de merite que luy, n'eſtoit pas pour
ſe faire de feſte , mais que par vn reſſentiment de paſſion
& de gratitude, enuers le ſucceſſeur de tant de grands
Princes qui ont enrichy le Parnaſſe, il ne pouuoit s'empé-
cher de donner à S.A.R. vne Sylue de ſa façon. Ioint qu'il
reſſentoit (diſoit-il) que le beau feu de la Poëſie s'allumoit
dans ſon ſein , à la vûe d'vn objet auſſi noble , & auſſi
auantageux que celuy des loüanges de S. A. R. qui paſſe
dans toute l'Europe pour l'vn des plus adroits , des plus
beaux,& des plus genereux Princes du Monde.

Stat. *in Epithal.
Violantilla.*

Hunc ipſe (s'écriât-il tout tranſporté)
——————— *Choro plaudente Philetas ,
Callimachuſque ſenex , Vmbróque Propertius antro,
Ambirent laudare diem , nec triſtis in ipſis
Naſo Tomis , diuéſque foco lucente Tibullus.
Me certè non vnus amor , ſimpléxque canendi
Cauſa trahit.*

Ce Poëte qui a
eſté Conſul Ro-
main , a compoſé
Cento Nuptialis ,
qui eſt vne pie-
ce pleine de ſale-
tez.

Aprés luy, Auſone qui briguoit cette place de toutes
ſes forces , s'eſtoit perſuadé qu'il deuoit l'emporter ſans
peine;mais il fût generalement reietté de tous, parce qu'au

lieu d'vn habit de Nopces, ou de la pourpre Conſulaire, *Qui & Virgiliũ fecimus impuden-tem.* Auſon.
il s'eſtoit affublé d'vn manteau rappiecé & fort ſale, qui
bleſſoit la veüe des honneſtes gens.

Comme les Latins ſe furent tûs, ils firent place à la troupe nombreuſe des Poëtes Italiens, qui leur ont ſucce-dé,& qui ont commencé depuis quatre ſiecles à polir leur langue vulgaire, & à faire refleurir la Poëſie. Elle eſtoit compoſée de gens de differant âge, & de diuerſe inclina-tion,mais qui deſiroient tous de ſignaler leur eſprit & leur induſtrie,en faueur d'vn des plus grands Princes d'Italie.

Voyez Bartoli dans ſon traitté *del Torto e Diritto del non ſi può,* pour la naiſſance de la langue Ita-lienne.

Le Dante qui n'ayma iamais les François, vouloit ſe faire Guelfe à cette fois. Petrarque ne faiſoit nul doute que la conduite d'vn triomphe d'Amour ne fut dûe à ſon merite, & à ſa longue experience. Le voiſinage de Ferrare,& la viteſſe de l'Hippogryphe qui rend de ſi bons offices à l'Arioſte dans ſes voyages, le faiſoient trouuer aſſez propre pour cette couruée, & ſon genie bouffon & enjoué luy attira les ſuffrages des Partiſans de la Cruſca, qui faiſoient paſſer le Taſſo pour vn viſionaire extraua-gant. Le Guarini pour maintenir la poſſeſſion, où il eſt depuis bien long temps, de celebrer les Nopces des Emanuels, montroit ſon liure de Rimes, & ne ceſſoit d'e-xalter ſon *Paſtor fido,* qu'il compoſa autrefois en cette Cour. Mais qui auroit crû que le Bembo, dont la dignité le diſpenſoit aſſez d'aſſiſter à cette galanterie, eût voulu eſtre de Nopces ? Et toutefois pour auoir la gloire de bien faire des vers, il témoigna qu'il ne faiſoit pas grand conte de ſa pourpre,ny du nom de Cardinal,ſe contentant qu'on le nõmât *Maeſtro Pietro.*Enfin le Marini deuenu preſque inſolent par la multitude des Pieces qu'il a compoſées en de ſemblables occaſions,& parce qu'il eſtoit fait (diſoit-il) à l'air de France & de Sauoye, parloit ſi hautement de ſa ſuffiſance, qu'Apollon fût contraint de luy dire qu'il luy donneroit ſauf-conduit puis qu'il le deſiroit, mais que par la connoiſſance qu'il auoit de l'auenir, il ne luy reſpon-

Voyez I. Villa-ni. 1301. pour le Dante.

Petrarque a eſcrit le Triom-phe d'Amour.

C'eſt vne fi-ction de l'Arioſte.

L'Academie de la Cruſca prefere l'Arioſte au Taſſo.

Voyez le *Manſo* en la vie du Taſſo.

Le Guarini a eſcrit ſur les Nop-ces de Charles Emanuel & de Catherine d'Eſ-pagne.

Dico *Maeſtro Pietro Bembo ;* per-che il titolo di Cardinale fu piu toſto da lui ho-norato,che egli da quello riceueſſi ornamento. *Ludo-uico Dolce.*

Le Marini receut des baſtonnades en cette cour, pour auoir trop parlé. *Loredan en ſa vie.*

doit pas de l'accueil qu'on luy feroit en cette Cour, où la liberté de ſa langue luy auoit autrefois attiré à dos vne terrible perſecution.

Ie ne dis rien icy du Bracciolini, d'Achillini, du Teſti, du Preti, du Gratiani, ny d'vne foule de recens qui diſputoient cét honneur au Marini, parce que ſes vers, diſoient-ils, reſſentent vn peu le Neapolitain, ſe flattant meſme de le ſurpaſſer en naiueté, en elegance, & en delicateſſe.

Quant aux Eſpagnols, qui auoient cependant concerté entr'eux de produire quelque Sujet qui pût faire honneur à la Nation, ils donnerent d'vn commun conſentement toutes leurs voix à Lope de Vega; à quoy Don Luis de Gongora & Don Franciſco de Queuedo ne s'accorderent qu'a condition, que ce ſeroit ſeulement pour donner la Comedie: car *en lo demas* ils ne luy vouloient point ceder. Pluſieurs penſoient que le Comte de Villa-Mediana, ſi galant autrefois qu'il eut les Souuerains pour ſes riuaux, ſe ſeruiroit de cette conioncture pour auoir lieu de vanger ſa mort, où de iuſtifier ſon innocence: mais il iura qu'il ne retourneroit iamais au monde, & qu'il ſe meſleroit encore moins de parler de l'amour des Grands, & des intrigues de la Cour.

Ce Comte fut aſſaſſiné en la cour d'Eſpagne, pour auoir porté trop haut ſes amours. *Mentidero de Madrid, Dezidme quien matò al Conde? No ſe dize, ny ſe eſconde.* Gongora.

Apres ceux-cy ſe fit voir le fameux Camoens, qui malgré l'auerſion naturelle que les Portugais ont pour les Caſtillans, s'eſtoit pourtant ioint auec eux, parceque leur langue & la maniere de leurs vers n'eſt pas ſi differante que leurs inclinations. Le beau Poëme de *la Conqueſte des Indes* qu'il n'acheua iamais, & qui ne laiſſe pas d'eſtre vn chef d'œuure, & ce caractere ingenieux & delicat qui brille dans les productions des Portugais, luy firent auancer auec beaucoup de fierté & d'audace, que ſa Patrie ne l'emportoit pas moins ſur l'Eſpagne, en l'art de la Poeſie, qu'en celuy de la Guerre. Lope de Vega qui ſe trouua le plus proche de luy, ſe prenant à rire, luy reſpon-

C'eſt vn Poëte excellent, eſtimé infiniment par le Taſſo. Son Poëme a eſté commenté en Eſpagnol.

dit

dit malicieuſement, qu'il deuoit garder ſa verue pour le mariage du Portugal & de la Caſtille, qui eſtoit preſt de s'acheuer; & pour le railler plus agreablement, il luy dit ces deux quatrains en langue Portugaiſe, en laquelle il ſe plaiſoit autrefois de compoſer.

Le Sonnet 112. & 195. de *Lope de Vega* ſont Portu-gais.

Tem Camões obrigaçam
De chegar elle em Lisbõa
Pera cantar nora bõa
Nas feſtas de ſua naçam.

❧

Porque logo ha de ver ella,
O Caſamento fatal
Do nobre dom Portugal,
Com a fermoſa Caſtella.

Cependant que Lope de Vega luy tenoit ce langage auec vn ſoûris mocqueur, qui eſt ordinaire à ces deux na-tions autant orgueilleuſes qu'elles ſont antipathiques; châcun tournoit les yeux ſur les François, dans l'impa-tience de voir ce qu'ils feroient en cette occaſion; & non ſeulement les autres nations eſtoient eſtonnées, qu'ils euſ-ſent laiſſé parler les Eſpagnols les premiers: mais, dans ce deſordre, on ne pouuoit aſſez admirer leur retenüe & leur ſilence; eſtant ordinairement accuſez d'auoir plus de feu,& plus d'impetuoſité que leurs voiſins. Or comme ils paroiſſoient obſtinez à ne point parler. Et quoy (dit Apollon) ſouffriray-je que dans vne feſte, où le Parnaſſe doit étaler ce qu'il a de plus galant & de plus doux, on n'y entende point les Poëtes de la Nation du monde la plus ſpirituelle, & qui ſçait traiter de l'Amour auec vn

certain airſi tendre & ſi enjoüé, qu'il eſt impoſſible à toutes les autres de l'imiter. Cela ne ſera pas ainſi (reſpondit
Malherbe) que tous les autres reueroient comme le re-
ſtaurateur de la Poëſie Françoiſe. Cét aymable Madrigal
qui fût porté ces iours paſſez au Parnaſſe, & dont l'Au-
theur fait paroiſtre autant d'eſprit que d'amour, vaut
mieux tout ſeul que tous nos Sonnets, nos Stances, & nos
Elegies , & nous n'oſerions nous flatter de faire quelque
choſe qui en approchât, puis que perſonne ne peut ſi bien
exprimer vne paſſion , que celuy qui en eſt luy meſme
touché.

Apollon montra qu'il n'eſtoit pas entierement ſatisfait,
par vne excuſe ſi modeſte & ſi reſpectueuſe. Il adjoûta que
l'on regleroit toutes choſes dans l'aſſemblée des Eſtats
Generaux qu'il vouloit conuoquer pour ce ſujet. Et déja
ſur cette parole les Poëtes commançoient à ſe ſeparer,
quand on vit approcher vn homme au teint bazané, dont
l'air degagé & la phyſiognomie enjouée arreſta les yeux
de la compagnie. Il auoit vne couronne de fleurs ſur ſa
teſte, & portoit vn habillement bizarre, qu'il n'auoit point
encore mis iuſques alors, bien qu'il fut ancien habitant du
Parnaſſe. Les Poëtes de la meſme langue que luy, ſe contentant de luy auoir inſpiré ce deſſein auſſi ſurprenant
qu'il leur deuoit eſtre auantageux , n'auoient pas voulu
s'engager dans cette aſſemblée tumultueuſe ; ſi bien qu'il
n'y eût que Dante & Petrarque , qui reconnûrent d'a-
bord que c'eſtoit le fameux ARNAVD DANIEL, qu'ils ont
rendu immortel par leurs écrits. Sur les careſſes & les
amitiez qu'il en receut, châcun luy faiſant place, il s'auan-
ça vers Apollon , & aprés auoir obtenu congé de parler à
tous les Poëtes. Puis que (dit-il) Meſſieurs , le Mariage
qui fait tant de bruit en cette Cour , eſt preſt d'eſtre ac-
comply aprés des delais ſi longs & ſi fâcheux, & que dans
cét embarras des premiers complimens que ce charmant
Eſpoux reçoit de toutes parts , les lyres & les voix de nos
M...

Muses seroient mal écoutées ; trouuez bon que sans diffe-rer plus long temps les honneurs que nous deuons à cét illustre heritier de tant de deffenseurs du Parnasse, ie prenne le soin d'aller par auance luy rendre nos ciuili-tez, au nom de toutes les nations qui composent cette sçauante compagnie. Chascun sçait assez que les habi-tans de l'heureuse contrée où i'ay pris naissance, & qui conserue encore le nom que les Romains luy donnerent apres l'auoir subiuguée, ont l'auantage de pouuoir parler Latin, Espagnol, Italien & François, parce qu'en diuers temps cette Prouince a esté soûmise à la domination de Rome, de Barcelone, de Naples, & de Françe ; ioint qu'il n'est aucun qui nous puisse disputer la gloire d'auoir versi-fié les premiers en nostre langue, & cette nouuelle ma-niere de Rimes fut receüe par tout auec tant d'applaudis-sement, que les Roys & les Empereurs tinrent à honneur d'estre disciples de ces fameux Troubadours, c'est à dire, des inuenteurs de cét agreable genre de Poësie. Dans cette disposition ie composay ces iours passez quelques *Impromptus*, sur ce sujet aux langues que ie vous ay dites, & si vous agreés que i'acquitte les premiers deuoirs du Parnasse par ces foibles preludes des ouurages plus ache-uez que vous preparez, ie suis prest à soûmettre ce que i'ay fait, à la censure de vostre Hypercritique Inquisiteur *Iules Cesar de l'Escale*, & du grand *Castelvetro* son re-doutable Substitut.

Cette aymable naïueté, auec la grace merueilleuse qui accompagnoit ses paroles & son action, luy gagna le con-sentement de ceux mesme qui pouuoient enuier sa gloire ; & comme ils apprirent qu'il estoit natif d'vne Ville dont la situation infinimét aggreable, iointe à la netteté de l'air & à la viuacité du climat, produit autant de Poëtes qu'on y voit d'habitans, ils luy demanderent aussi tost s'il n'auoit rien imaginé de beau en sa langue : à quoy il respondit, sans se faire beaucoup prier, que sur les bruits qui pu-

LA PROVENCE.

Prouençales los primeros en vol-gar poetizaron. *On attribue ces vers* à l'Emp. Fri-deric. *I. Nostrad.*

Frideric Empe-pereur, Richard Roy d'Angleterre, D. Alphonse Roy d'Aragon furent Poëtes Prouen-çaux. *Voyez I. No-stradamus.*

Chi bene ver-seggiar volesse, quantunque egli Prouenzale non fosse, lo faceua Prouenzalmente *Bembo nelle prose.*

Non è da dubi-tare che la Floren-tina lingua, da' Prouenzali le ri-me s'habbia pi-gliate. *Le mesme, & Dantes de vulg. Eloq.*

Troubadour, mot Prouençal qui si-gnifie *inuenteur* ou *Poëte.*

Le Vilutello en ses Commentaires sur *Dante*, veut sans apparence, que ce mot soit venu de l'Italien *Tromba, Tromba-dore.*

Arnaud Daniel estoit natif de Tace. *I. Noſtradam. & ſon Neueu Cæſar Noſtradamus, qui le rapportent du Monge de l'Iſle d'or.*

blioient ce mariage pour infaillible au mois de Decembre paſſé, il auoit fait alors vn Madrigal, où par ie ne ſçay quelle inſpiration, il auoit meſme predit qu'il deuoit s'accomplir au mois d'Auril. Le Madrigal diſoit ainſy.

Non ſias pas mau fondat Grand Duc Emanuel
   Dins aqueſt grand frech de Noël
Quand au lioc d'vno Raubo eſpouſas vno Bello.
La Raubo vous pourrié fairé ſuſar d'eſtiou;
Mais la calour des üeïls d'vno amanto fidello,
   Tant en Decembré qu'en Abrieou,
   Es toûjours calour naturello.

Ce recit ayant aggreé à ceux meſme qui n'enten-

C'eſt vn Poëte Florentin qui viuoit de ſon temps.

doient pas bien ſon langage; ie ſuis raui (luy dit Lapo Gianni) que vous ayez rencontré cette fois en Prophetie; auſſi (pourſuiuit-il,) n'approuuay-je iamais que l'on fit des Mariages en hyuer, & ie compoſay meſme autrefois vne chanſon ſur ce ſujet, qui diſoit.

Amor poiche tu ſe' del tutto ignudo,
   Non foſti alato, morreſti di freddo.

Chacun cependant fut piqué de curioſité d'apprendre ſi le Troubadour n'auoit point fait quelque piece plus longue, & plus ſoûtenue. Il tira lors vn papier de ſon ſein, où il auoit écrit vn Epithalame Latin de deux cens vers; adreſſé à Madame Royale, adioutant qu'il s'attendoit en vne autre occaſion de faire le iuſte Eloge de cette Heroine; & parce qu'il ne vouloit pas ſe fier à ſa memoire, il commença de lire de cette ſorte.

Mitte graues curas, Maieſtatiſque verendæ
Triſte ſupercilium, paulúmque ſoluta ſeueris
Legibus, & Dominæ deponens nubila frontis
Indue priuatam, Genitrix Auguſta, Parentem,
Et de communi partem decerpito plauſu.
Fas iuris ſemel eſſe ſui. Sat publica totam
Te Chriſtina tuis rapuere negotia rebus:
Nunc Matrem geſſiſſe iuuat. venit alite dextro

En Nurus, Henrici genus alto à ſanguine Magni,
Formoſo Coniux pariter formoſa Marito,
Maiorum ſimiles olim genitura Nepotes.
Fortunata Parens, geminat cui munera Cœlum!
Vna tibi Fatis nuper deuota iacebat
Progenies,oculis eſt quæ tibi charior ipſis;
Spirat io! & pulchro reparatæ fœnore lucis,
Inter adoratæ ſpirat modò brachia Nymphæ.
Verum agè fatalis turbarit vincula nodi
Quis Deus, obſtiterintne tuis mala ſydera votis,
Si vacat, auditu non longa eſt fabula, promam.
    Haud ignota loquor. Molli qua pendula cliuo
Curuat opacatam frondoſo robore vallem
Sylua, negans vltrà Tellus vbi dorſa ſupinis
Alpibus,immenſum cultoribus explicat æquor,
Alta VALENTINI tollunt ſe culmina Ruris.
Metata eſt Natura locum, ſedem ipſa beatam
Creditur Heroum ſoboli poſuiſſe Voluptas,
Curarum quoties vacuo ſubit vrbe relicta
ESQVILIAS A FERVENTI MIGRARE SVBVRRA;
Seu iuuat æſtiui rabiem fregiſſe Leonis,
Siue per audacis diſcrimina pulchra Dianæ
Dura rudimenta, & ſimulatum ponere Martem;
Hînc Martis neque Numen abeſt:namq; ipſa Gradiuus
Sub loca, ferali bellorum pondere preſſus
(Bella Subalpino nimiùm ludenda Theatro)
Exoptata Diis fruitur bonus otia. Fertur
Quin Venus hanc Cyprio regnatam ſanguine ſedem
Antehabuiſſe Papho; ſimul eius amabile ſidus
Barbara Biſtoniæ temerarunt cornua Lunæ.
Huc Zephiri afflatu tenerorum Mater Amorum
Cærula natali perſtringens marmora concha,
Per liquidum ductos ciſiaria flexit olores;
Quáque cauis Pater Eridanus delapſus ab antris
Muſcoſum viridi corpus proſternit in acta,

Maladie de
S.A.R.

Les plaines du
Piemont.
La maiſon de
Plaiſir du Valen-
tin.

C'eſt vn vers
de *Iuuenal.*

Les Turcs.

C   ,Hîc

Hîc ſecura Deûm, cannâque obſcura paluſtri
Alma Parens, furui technas vltura Mariti
Colla fatigato mulcet ſqualentia Marti.
Nudati circumuolitant, gens mollis, Amores:
Summa pedum merſare alij, iactúque procaci
Perpluere incautos lympharum aſpergine fratres,
Pars pharetris mandant halantis munera ripæ,
Cotibus hi tela exacuunt: contagia flammæ
Cærulei ſenſere greges, genitalibus auris
Afflati tepet ora ſinús, nec blandiùs vſquam
Pinnigerum ſoboles edulci gurgite nidis
Indulgent, lætique propagant humida ſæcla.

Feruebat pennata cohors; ſimul adſtat ab alto
Improuiſa Venus, visúmque Cupidinis arcum
Abdidit vluarum cumulo, reſidémque Puellum
Sic indignanti (clam fratribus) increpat ore:

At cur dedecori ſemper malè ſegnis in vmbra
Nate flues? vbi nunc arcus, vbi nota trophæis
Arma iacent? nam quæ ſpecies te ludit inanis?
Scilicet vna tibi cordi eſt plebs vilis amantum!
Et velut excelſas metuant tua tela Secures
Prædáue deducat noſtros minùs apta triumphos
Si tua ſceptrigeri veniant victoria Reges,
Nulla coronatæ moliris prælia genti:
Nempe ſub auratis (clamas) laquearibus atræ
Aduolitant curæ, & triſtis faſtidia ſceptri,
Bellorúmque metus, regnandíque aſpra cupido,
At fugere ioci, & luſus, simpléxque voluptas?
Aſpice quàm fallax animum ſententia vertit:
En mea victori bene nupta Thereſia Franco
Deliciis poſtquam impleuit regalibus vrbem,
Lætáque per longas duxit connubia pompas,
Primatos Regum Thalamis tranſcripſit amores:
Et Cypriis olim fato Rex debitus oris
Nulla ſui lentus decerpat præmia Regni?

Les Ducs de
Sauoye, Rois de
Chyſre.

Dixit

Dixit,& extentâ ſignans Pallatia dextrâ
Queis manet æternum, Regum Venatio, nomen,
Aurato Genitrix Puerum complexa volucrem
Adſtringit gremio, & poſitâ iam mollior irâ
Aptat agens humeris pharetræ geſtamen eburnæ :
Atque vbi Dux (inſit) cinctos, venatibus, agros
Manè petet, media raptim te te adijce turbæ,
Déque ſagittiferis vnum mentitus Ephebis
Tinge tuo laqueóſque plagáſque & retia ſucco,
Victori quô præda cadat Venator Amori.
Corripit actutum Paphiæ mandata Cupido;
Et iam, ſole nouo, campis it feruida pubes,
Æraque rauca ſonant, canibus per longa reuinctis
Agmina, Celſus equo reliquos ſupereminet ardens
Emanuel, latus inuiſo ſtipatus Amore,
Et lentos venis haurit malè conſcius ignes.

    Vix ſenſit calidam peſtem, nondúmque ſubactus
Subdere colla iugo renuit, vincíque laborat,
Nec ſibi ſat noti pugnas expertus Amoris
Quò celerat curſum plus vritur, hæret arundo
Infelix lateri, mens corpore longiùs errat,
Et quam finxit Amor quacumque occurſat Imago
Valeſidos, caſtúſque pudor, vultúſque decentes,
Et color, & fuſi per lactea colla capilli.
Ceu quem Gnoſiaci venabula cruda Latronis
Fixerunt ceruum, hic ſyluis & montibus actus
Veſtigat latices, tacito ſic carpitur igni.

    Eſt nemus vmbroſo prætexens margine ripas
Eridani, fama eſt quondam hùc Phaëtontis anheli
Præcipites abiiſſe rotas, flentéſque ruinam
Heliadas fudiſſe ſuis electra querelis :
Ipſa quidem primo frigent glacialia tactu
Flumina, ſed veteris latitant mala ſemina flammæ;
Quò ſimul Emanuel ardenti ſaucius æſtu
Tingitur, en ſubito ſtringuntur membra rigore,

                            C 2   Mox

Mox tamen vndâ focos geminatis viribus intus
Suſcitat, admotis crudeſcunt ignibus ignes,
Et noua per totas gliſcunt incendia venas.
Hei mihi! quàm multo creuiſtis Balnea fletu,
Vimineis poſtquàm eſt feretris ſublatus in vrbem,
Increbuitque, rubro per lurida membra veneno,
Ebullire putres cutis Exanthema papillas.

    Floriferi quondam velut icta cupidine Veris
Arboreo Pomona ſinu, tumet intus, & vdas
Soluit amor tenerâ ſuperans vligine fibras;
Si ſuperincubuit ſolis nouus ardor acuti,
Tum laxare ſinus, libróſque auellere trunco,
Nec iam ſe capere humor, iter ſibi donec in auras
Expedit impatiens, & rupto cortice tandem
Emicat in calices, turgétque in germina caudex:
Sic toto Caroli promunt ſe corpore gemmæ.

Virgile qui s'eſtoit tû iuſques alors, pour ne ſe commettre auec aucun durant la conteſtation, interrompit la lecture de l'Epithalame, pour loüer la naïueté de cette comparaiſon, qui explique aſſez bien le progrez du mal qui ſurprit alors ſon A. R. ſi bien que noſtre Poëte animé par cette glorieuſe approbation, apres auoir modeſtement dit à Virgile, qu'il deuoit à ſes Georgiques tout ce qu'il y auoit de loüable dans ſa deſcription, pourſuiuit auec plus de gayeté qu'auparauant à lire les vers qui ſuiuent.

    Vidit vt attonitus caſu, quæ damna Cupido
Fecerat, vt tremulum primis Aquilonibus æquor
Horruit, & tollens vdos ad ſidera vultus.
Phœbe potens lucis, vitæ genitalis origo,
Magne opifer, noſtrum quid opus reſerare dolorem,
Nec te Diue latet (nam conſpicis omnia) ſydus
Allobrogum, noſtrâ viduatum lumine culpâ;
Fer precor, inquit, opem, & pueri miſerere precantis.
At Phœbus. Fruſtra peregrino è littore poſcas
Amuleta mali, ſuccóſque, herbáſque potentes,

Te penès est facili medicina parabilis arte.
Idalij recipe stringentia Balsama Myrthi,
Et Roseos, (tinxit florem Cytheræa) vapores,
Adde Columbarum calido de sanguine guttas,
Materníque niues Lactis : nota nulla venustos
Inscribet maculis (post hæc medicamina) vultus;
Sed tuus haud ægris discesserit oßibus ardor,
Ni prius Eoa quàm lustrem lampade terras
Valesis æquali suspiret vulnere Virgo.
Dixerat : ille tegens rerum discrimina , Matri
Omnia læta refert, opibúsque oneratur inemptis,
Tum Pharetram religans (sua nunc Narthecia) collo
Regia tecta subit, vulsis linit vnguina pennis ,
Effingítque comâ, tergitque tepentibus alis,
Et tenui perflans sudantem ventilat aura.
Dux valet : & victor veluti post nubila Phœbus
Suspensam radiis spargit melioribus vrbem.

A ces vers le Troubadour se tournant vers Quintus Serenus Samonicus, qui s'entretenoit auec Fracastor, i'apprendrois volontiers, luy dit-il, si vous auez trouué mon remede conforme à l'art dont vous auez si bien écrit en vers. N'apprehendez pas (luy repartit Serenus) de vous estre égaré, puis qu'Apollon qui est le Pere d'Esculape a conduit vostre Amour, & luy a inspiré la composition du Liniment, qui deuoit defendre le plus beau Prince du Monde des outrages d'vn impitoyable mal. Mais ne nous tenez pas plus long temps en suspens : car nous desirons tous de sçauoir, comment Amour a reussi dans sa seconde conqueste, & si comme l'on dit, qu'vne infortune ne vient iamais seule, il aura esté plus heureux en chasse, dans la Ville que dans les Forests. Vous n'auez (reprit-il) qu'à écouter les vers qui me restent à lire; & reprenant son papier, il poursuiuit ainsi ce qu'il auoit interrompu.

Aligerum interea Phœbi mandata premebant :
Nec mora, nocturnas iussus supereuolat vrbes,

Marginal notes:

Voyez Celse 1.6.c.6. du Myrthe. Pour les Roses Diosc. l. 1 c. 130. Du sang des Colombes, le mesme 1.2. c.172. Μιτὰ γάλακτος γυναικεῖν. Galen. l.10. de fac. simpl. med. Auicen. l.2. c.442. Dioscor. Parabilium l. 1.

Ce sont deux Poëtes Medecins.

Iámque Pariſinis ſucceſſerat impiger oris :
Luxemburgiacas Gaſtonis lapſus in ædes
Quâ ſubit anguſtus poſtico limine trames
Conſtitit. Hoc opus eſt vigilantum fallere triſtes
Excubias , quid agat? non hâc datur ire prophanis ;
Intus honos Patris quondam,& Genitricis amores
Virgo latet , præſtans animi , pulcherrima formâ ,
Cana puellares ſapientia tranſilit annos ,
Cúmque hilari ludant risúſque & gratia fronte ,
Virgineus nitor exuperat,morésque ſeueri ,
Et matronales puerili in corpore ſenſus ;
Hanc petit,& tacitæ per amica ſilentia lunæ
Irrepit mediam non intellectus in aulam.
Nox fuit,& ſine luce lares,& Nympha quiêrat ;
Tum circumſpiciens hinc inde,& multa paueſcens,
Deprehendemur,ait,jaculúmque haud amplius vnum,
Seponit raptim,& malè certus dextram animúmque
(Fax ſubluſtris erat)peteret dum corda Puellæ,
Nec rectà pupugit,nec teli Amenta retraxit ,
(Illis Parca ſolet miſeros inuoluere nuptos ,
Multiplicéſque moras promiſſis nectere Tædis ,
Hinc mala tot longos tulimus faſtidia menſes.)
Sed quid ego vanos pueri malè ſanus Amoris
Dum ſequor errores,remoror mea gaudia ; feſti
Nunc demum venêre dies, Hymen ô Hymenæe!
Inuida queis dextram renuiſtis iungere Fata ,
Alma Venus,ruptis Ambagibus,ire petitos
Vrget in amplexus,& quos Natura ligauit
Sanguine, iungit Amor propioris fœdere vincli.
Quin etiam fulsêre polo manifeſta ſereno

Qui dies men-
ſem Veneris mari-
næ ſindit Aprilem.
Horat.

Signa Deûm , nitidos Cytheræa parauit Apriles,
Et rigidam laxans vernanti ſydere brumam ,
Pandis Phœbe nouum radiis innubibus annum :
Iuno etiam fertur, premeret cùm Pronuba dextras,
Hoc ornaſſe breui genialem carmine lectum :

Viue Deûm sanguis, nonúmque vt presserit orbem
Cynthia, sic pulchrâ signet te prole Maritum
Valesis, & Patri similis, similísque Parenti
Emanuel paruus gentili lallet in oftro,
Sic durent virides longæuo in corpore flammæ,
Sic iuuenum, semper reparabilis ardor amantum,
Nonnifi Natorum titulis, numeróque Nepotum,
Sentiat emeritæ frigus repfiffe fenecta.

Dés qu'Arnaud Daniel eut finy la lecture de cét Epithalame, qu'il doutoit qui ne fut pas vne chofe affez cuite
pour le gouft de la fcauante Cour de Sauoye, il prît auffi-
toft la parole, & fuiuant la couftume de ceux qui par vn
fentiment, foit de timidité, foit de mépris pour tout ce qui
part de leur efprit, ne veulent ny en ouïr dire du mal, ny en
receuoir des loüanges ; pour retrancher tous ces difcours,
il fe fit brufquement donner vne de ces Guiterres que les
Efpagnols appellent *Quitarillas* ; & bien que ce foit vn
fort mauuais inftrument, il la toucha fur le champ, auec
tant de delicateffe & en pinçant & à la batterie, que châcun admira la viteffe de fa main & la netteté de fon ieu.
Mais auant que de chanter la chanfon qu'il auoit faite, il
trouua bon de preuenir ceux qui ne fe cognoiffent pas
bien en la Poëfie Efpagnole. Il fit excufe fur l'argument
qu'il auoit choifi, & fur les Rimes du Romance qui fem-
ble n'en obferuer aucune, parce qu'on n'y a égard qu'aux
affonances en certains vers. Il adiouta qu'il auoit tâché de
prendre le tour & le genie des Efpagnols, qui s'attachent
fouuent à de froides equiuoques & à des allufions de mots,
qui nous femblent baffes & tirées de loing, bien qu'elles
paffent parmy eux pour *agudezas muy lindas y famofas.*
　Le Tiltre de Duc de Sauoye, & de Prince du Piemont,
qui rend S. A. R. maiftre de tout ce qu'il y a de plus heureux & de plus riche dans les Montagnes des Alpes, & le
beau nom de VALOIS, me fourniront (pourfuiuit-il) vn
champ affés fertile en cette forte d'inuétions; & parce que

la fineſſe du Charactere que i'exprime, conſiſte à imiter ce qui nous y paroit defectueux; vous ne trouuerez pas eſtrange, que laiſſant à part les éclatantes qualitez de ces illuſtres *Recien-caſados*, ie ne m'attache ce ſemble qu'à des ombres : & ſi (adjouſta-t-il) ie choppe ou ie m'égare quelquefois; vous conſiderez qu'il m'a fallu courir par *Montagnes* & par *Vallées*, parmy les cailloux & à trauers des torrens, à la queſte des penſées que i'ay à vous debiter. Enſuite ayant prié Dom Pedro Calderon d'accompagner ſa Chanſon de la Baſſe continuë d'vne *vihuela de Arco*, qu'il auoit montée à l'vniſon de ſa Guiterre, il chanta ſur vn air de Baſſe Eſpagnole les vers qui ſuiuent.

C'eſt vn Poëte Eſpagnol.

ROMANCE.

Oy ſe auerigua el Refran,
A cada Monte ſu Valle,
Pues con la Ninfa *Valeſia*
Iuntaſe el Rey de los *Montes*.

Monte claro, Monte vſano,
Rezio no, ſino tan blando
Que luego le atraueſaron
Las flechas de vn Amor niño.

Su nieue muchos la vieron
A ſu hermoſo Sol cercana
Moxar ſus blancas mexillas
Deshecha en liquido aljofar.

De Mongibelo el bolcan
Nunca mas hiruiente quema,
Quando con boca abrafada
El Mar de incendio amenaza.

Sierra quemada! que digo?
Compitiendo en fu hermofura
Abril eterno de flores,
Rofas, clabel, y azucenas.

Quiça por fus altas prendas
Principe fue de los Montes;
Pues encierra el Potosì.
Los mas preciofos metales.

El ruido de las auras
Que hojas lleuan por defpojos
Affemejo à los fufpiros
De mi Monte enamorado.

Al derredor de *Su Alteza*
Baxandofe vn lindo *Valle*,
En fu falda el Monte abraza
Con lifonjas apazibles.

D Y

Y ſi el agua do el pie laban
Es de los montes eſpejo;
No mira el, ſu roſtro hermoſo
En el criſtal de ſus ojos?

Mireſe quanto quiſiere,
Pero en el Valle que piſa
(Si ſombra los celos ſon)
No hara ſombra ſu cabeça.

Siendo ſin orgullo y ſombra,
Como darle eſte apellido?
Si enſalçan ſu frente altiua
Los Montes haſta en el Cielo?

Pero Monte o Roca ſea,
Luego que le puſo el ſitio,
Sin acometer, *Valeſia*
Dueño fue de ſu albedrio.

Pues; no es *Valle*, es Piedra yman,
Alagueña, pero dura,
Que en eſlabones de amor
Prende, encadena, y echiza.

Piedra

Piedra yman ! ſino es azero,
Cuyos golpes quando pican
De ſu Monte el pedernal ,
Centellas de amor bomita.

Azero no ! pues es fuego ,
Rayo volante que hiere
Con llama ardiente y beloz
De los Montes l'alta cumbre.

Rayo no ! toda es dulçura
Que con virtud bien templada
(Orfeo no fabuloſo)
Enternece Hombres y Piedras.

Y hablando mas corteſano ,
Ella es Dama y el ſu Roque ,
Y à tan deleitables Iuegos
El Tiempo no dara Mate.

Mientras en verſos prolijos
Sin acierto deuaneo ,
Entre el ſi y no porfiando
Mil confuſos penſamientos;

Echo de ver en mi ſueño
Himeneo que ſu hacha truxo,
Cercandole tierno enjambre.
De Cupidillos trauieſſos.

Soplan los Zefiros blandos,
Los Vientos guerreros callan,
Y para alumbrar mis dudas,
El Dios me dixo eſta copla.

No ſara Ella *Valle* eſcuro,
Y ſara *Valle* en llaneza:
El no ſara *Monte* duro,
Mas ſara *Monte* en firmeza.

Llaneza candeur, bonté.

Les roulades de cét air de Baſſe, & le creux profond de la voix du Poëte adiouterent vn aggréement ſingulier aux vers qu'il venoit de chanter; ſi bien que la compagnie s'attendant à l'oüir encore en Italien, il s'en excuſa ſur l'ennuy qu'il leur auoit déja donné, & ſur ce que les chants recitatifs demandoient vne voix plus haute & plus éclatante que celle qu'ils venoient d'entendre; mais il ne vous manquera pas, dit-il ſe tournant vers les Poëtes Italiens, d'habiles chantres en la Cour de Sauoye pour animer vos vers, puiſque la Muſique, la Peinture, & tous les beaux Arts y ſont dans leur ſouuerain luſtre. De moy, ie n'ay pas ſi bonne opinion des miens, que ie veuille qu'ils faſſent du bruit. Il me ſuffit de ſçauoir qu'ils y ſeront bien receus meſme auec leurs défauts; parce que les bons connoiſſeurs n'ignorent pas, que ſi nos Poëtes

peuuent

peuuent compofer en Italien , ils fçauent pourtant toûjours mieux leur langue que l'Italienne. Mais apres tout,
pourfuiuit-il , le fujet que i'ay pris ne fçauroit eftre
qu'infiniment agreable. Cette innocente Nymphe que
i'introduis qui ayme la folitude , & qui pour s'éloigner du
bruit & de l'embarras , s'occupe, à la campagne , aux aymables exercices qui font le plaifir & la gloire de fon âge
& de fon fexe , eft vn portrait fidelle de la vertu de Ma-
demoifelle de Valois. Toute la France a efté tefmoin de
la merueilleufe inftitution de ces trois charmantes Sœurs,
que nous pouuons nommer les trois Graces. Bien loin de
s'attacher aux bagatelles , & aux diuertiffemens qui amu-
fent les ieunes perfonnes, elles ont fait paroiftre en leur
enfance vn efprit auancé , vne humeur fage & ferieufe,&
ie ne fçay quoy qui a toûjours infpiré de l'amour & du
refpect. En vn mot la Deeffe qui les a faites fi belles & fi
aymables, pour les rendre encor plus parfaites , a voulu
par vne noble education reproduire en elles,fa prudence,
fa douceur , fa generofité , & toutes ces grandes vertus
qui forment la beauté de l'ame. Voicy la Chanfon que
i'ay compofée fur ce fujet.

CANZONE.

Vezzofa e ritrofetta
La Ninfa giouinetta
Vallefina temprando aurata lira,
   Con mano di Anfione,
   Neue che ardor infpira,
Cantar nuoua s'vdia bella Canzone.
   Fuggitiua Bellezza
   Labbia , guancie fiorite ,
Gigli e rofe in vn punto ifcolorite
   Da rigida vecchiezza ;
Folle chi fol di quei freggi s'adorna,
Che fuggita beltà mai piu non torna

Speſſo le Ninfe belle,
Laſciuette ſorelle
Diſſero à lei, troppo cruda Fanciulla
Mentre per le campagne
Scherza ride e traſtulla
Leggiadŏ ſtuol' di tue liete compagne.
Vaga d'altri penſieri,
Con inutil lauoro
Cerchi di alta virtù finto teſoro.
Godi godi i piaceri;
Che acciò goduta ſia Natura e Amore
Di freſca giouentù ne diero il fiore.

Mà di amoroſa arſura
Ella punto non cura;
Anzi di arti più degne homai ſeguace,
Intenta à miglior vſo
Di blanda età fugace,
Hor tratta in bianche man volubil fuſo;
Hor coll' ago adoprando
Ricco pennel di miniati fili
Freggia tele ſottili;
Hor giuliua ballando
Di felci e muſſe in molle iſmalto vago
Stampa de' ſuoni ſuoi leggiera imago.

Vedela e poi ſogghigna
Il figliuol di Ciprigna.
E penſi, dice, alteretta Zitella
Prender Amor à giuoco?
Non ſia che alma ſi bella
Uiua ſenza prouar ne accender fuoco.
O qual ſtragge d'amore
Faran toſto quell' armi

Les deux der-
niers vers de cette
ſtance ſont tra-
duicts du François
de M. Habert de
Ceriſy, en ſon Poë-
me des Yeux de
Philis.
Et ſur vn tendre
émail de mouſſe &
de fougere,
Impriment de
leurs ſons vne ima-
ge legere.

Con che semplice ardisti à guerreggiarmi.
 Cosi sfoga il dolore,
E l'arco in man, lo sdegnato Garzone
A muouerli s'accinge aspra tenzone.

***

Mà ferma Arcier possente,
 Sì sì già lei si pente
Amante hor vergognosa e timidetta
 Quella che innanzi fue
 Altera orgogliosetta.
Gia langue Emanuelle, e giunti due
 Nè fortunati lacci
 E vinto e vincitrice
Gli unisce Amor con innesto felice
 Di catenati bacci :
E acciò due cuor stringa in vn' alma e vn cuore
Sua benda ad Himeneo presta l'Amore.

***

 Canzon si taccia homai:
Che me' potrà la Bella in dolci accenti
Sola ridir li suoi dolci contenti.

Comme le Troubadour eut acheué sa Chanson; Apollon voyant qu'il estoit déja tard, donna congé à la compagnie, iusques au iour de l'assemblée generale, & le Poëte se retira chez luy, pour se disposer au voyage de vostre Cour. Il ne tardera pas bien long temps d'y arriuer, & sans doute ce sera aussi-tost que vous receurez ce que ie vous enuoye ; parce que depuis que l'on est admis à la Cour d'Apollon, on deuient tout Esprit, & les Esprits comme vous sçauez, ne sont attachez en leurs actions, ny à la durée du temps, ny à l'estendüe de l'espace. C'est de vous, à present, de qui ie pourray apprendre la suite

de

de ſes auantures , auſſi bien que celles des Poëtes qui le
doiuent ſuiure. Pour moy, il me ſuffit, quelque ſuccez
que puiſſe auoir leur ciuilité , d'auoir peu témoigner de
la paſſion & de l'empreſſement au Mariage de S. A. R.
en décriuant les Empreſſemens du Parnaſſe.

F I N.